獻給爸爸媽媽

圖像館

媽媽不在家的一年
A Year without Mom

作 繪 者　達莎‧托爾斯提科娃（Dasha Tolstikova）
譯　　者　黃筱茵
封 面 設 計　江宜蔚
美 術 編 排　江宜蔚
責 任 編 輯　蔡依帆

國 際 版 權　吳玲緯
行　　銷　闕志勳 吳宇軒 余一霞
業　　務　李再星 李振東 陳美燕
總 編 輯　巫維珍
編 輯 總 監　劉麗真
事業群總經理　謝至平
發 行 人　何飛鵬
出　　版　小麥田出版
　　　　　115 台北市南港區昆陽街 16 號 4 樓
　　　　　電話：(02)2500-0888
　　　　　傳真：(02)2500-1951
發　　行　英屬蓋曼群島商家庭傳媒股份有限公司
　　　　　城邦分公司
　　　　　115 台北市南港區昆陽街 16 號 8 樓
　　　　　網址：http://www.cite.com.tw
　　　　　客服專線：(02)2500-7718 ｜ 2500-7719
　　　　　24 小時傳真專線：(02)2500-1990 ｜ 2500-1991
　　　　　服務時間：週一至週五 09:30-12:00 ｜ 13:30-17:00
　　　　　劃撥帳號：19863813　戶名：書虫股份有限公司
　　　　　讀者服務信箱：service@readingclub.com.tw
香港發行所　城邦（香港）出版集團有限公司
　　　　　香港九龍土瓜灣土瓜灣道 86 號
　　　　　順聯工業大廈 6 樓 A 室
　　　　　電話：852-2508 6231
　　　　　傳真：852-2578 9337
馬新發行所　城邦（馬新）出版集團 Cite(M) Sdn. Bhd
　　　　　41-3, Jalan Radin Anum,
　　　　　Bandar Baru Sri Petaling,
　　　　　57000 Kuala Lumpur, Malaysia.
　　　　　電話：+6(03) 9056 3833
　　　　　傳真：+6(03) 9057 6622
　　　　　讀者服務信箱：services@cite.my
麥田部落格　http:// ryefield.pixnet.net
印　　刷　漾格科技股份有限公司
初　　版　2022 年 6 月
初 版 三 刷　2024 年 8 月
售　　價　360 元
版權所有 翻印必究
ISBN 978-626-7000-50-2
EISBN 9786267000526（EPUB）
本書若有缺頁、破損、裝訂錯誤，請寄回更換。

國家圖書館出版品預行編目資料

媽媽不在家的一年 / 達莎 . 托爾斯提科娃 (Dasha Tolstikova)
著；黃筱茵譯 .-- 初版 .-- 臺北市：小麥田出版：英屬蓋曼群島
商家庭傳媒股份有限公司城邦分公司發行, 2022.06
　　面；　公分 .--（小麥田圖像館）
譯自：A year without mom.
ISBN 978-626-7000-50-2（平裝）

874.599　　　　　　　　　　　　　　　　111003630

城邦讀書花園
www.cite.com.tw
書店網址：www.cite.com.tw

媽媽不在家的一年

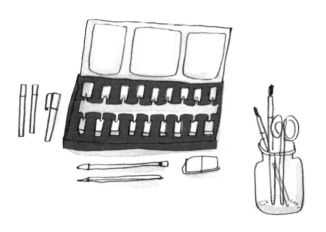

達莎·托爾斯提科娃（Dasha Tolstikova） 著

黃筱茵　譯

我還很小的時候，
有一次咬了媽媽的手指。

全世界

我的國家

我居住的城市

我和媽媽、外公外婆——我媽媽的媽媽，以及媽媽的繼父——還有我們的狗，一起住在有四間房的公寓。我想要養貓，可是我對貓過敏，所以只能養狗。我們一直都跟外公外婆住，爸媽還沒離婚時也一樣。等到爸爸搬去洛杉磯，我就開始睡在媽媽的房間。

我還是嬰兒的時候常常生病，媽媽會在家陪我——反正那時候，她正在寫關於二十世紀初俄國荒誕主義詩人的論文。

我喜歡俄國荒誕主義詩人——他們很好笑。

完成論文後，媽媽到廣告公司寫文案。她幫像是八號麵包工廠那樣的地方寫廣告文案，

他們會送她新鮮麵包，她把麵包帶回家，讓我們試吃，再說出像這樣的話……

我可以作證，八號麵包工廠製造的產品棒透了。

媽媽很愛她的工作，可是她常常說俄羅斯的廣告有多差。

我不可能一輩子都寫麵包工廠吧！

她說。

哪，美國——廣告就應該像那樣！

到底怎麼回事？
她們是在
說我嗎？
為什麼我需要
照　　顧　？

幾天後，媽媽打包好行李，外公外婆準備載她去機場。美國一所大學的廣告碩士課程接受了媽媽的申請。我和外公外婆一起留在莫斯科。

是早班飛機，我不能跟他們去機場。媽媽很難過，因為她必須離開。外公外婆覺得在家裡道別比較好。她吃早餐的時候，我在廚房四處張望。我表現得很勇敢。

接著，我們坐了下來。這是傳統——啟程以前，每個人都坐下來，安靜的盼望旅行者一切平安。然後，最年長或年紀最小的人站起來，旅程就開始了。我不想站起來，所以外公外婆得這樣做。

可是他們突然發現快要遲到了，所有的事情都變得趕、趕、趕──檢查好行李了嗎？護照帶了嗎？機票呢？外婆趕快去按電梯。電梯又老又慢，要五分鐘才能抵達我們所在的十一樓。媽媽和我手牽手，我心想她的手永遠都是這麼冰，然後我就咬了她的手指。

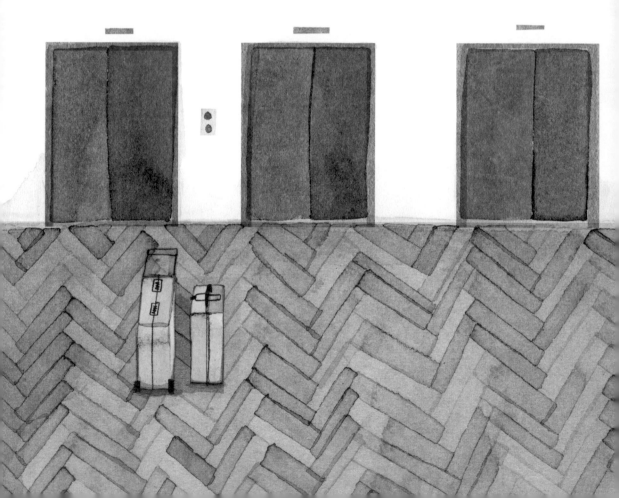

她走了。

八月

　　外婆和我坐進車裡，開了九十公里離開城市，
到我們每年都會去的作家中心。我們通常是六月
去，那時候只有作家在，我會到處無聊的閒晃，
去挖路上的瀝青。但今年我們八月才去，其他小
孩也在。我從來沒見過他們當中任何一個人，不
過我在學校裡最好的朋友瑪莎，寒假的時候會跟
家人一起去（寒假也是小孩很多的時候），她跟
我說了一大堆他們的事。

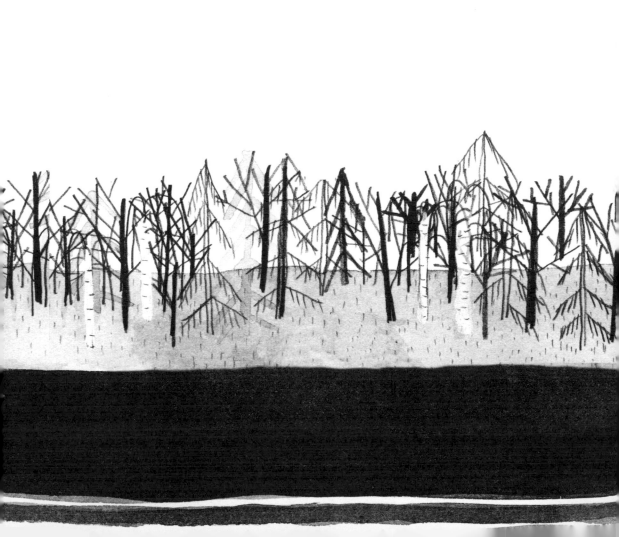

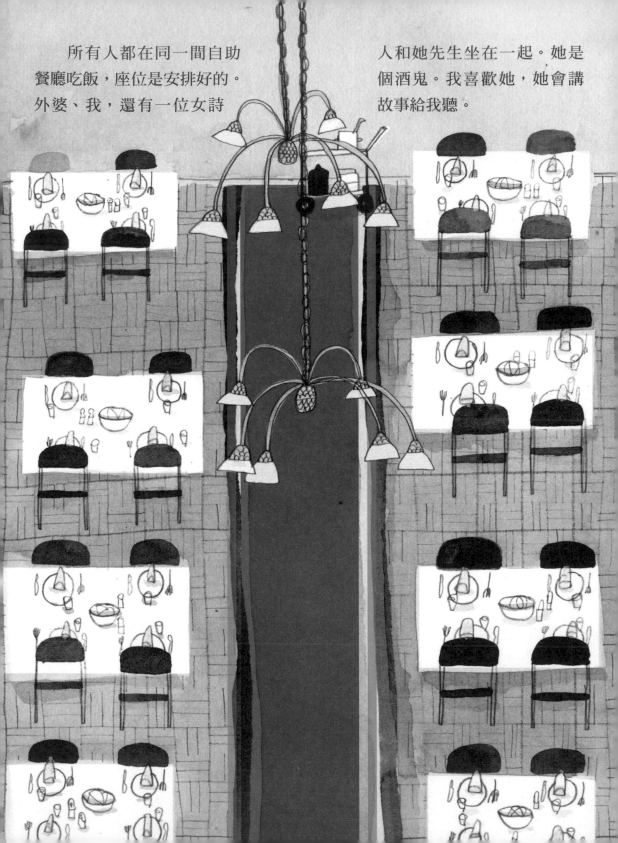

所有人都在同一間自助餐廳吃飯，座位是安排好的。外婆、我，還有一位女詩人和她先生坐在一起。她是個酒鬼。我喜歡她，她會講故事給我聽。

妳外婆大學的時候是
全年級最漂亮的女生唷。

她說。

喔,別說了啦。

外婆說,可是我看
得出來她內心偷偷
感到高興。

我的時間都用來看書、塗鴉，還有閒晃。

妳怎麼不去跟
其他小孩玩呢？

外婆說。

佩特亞是他們的頭頭。他媽媽很有名，
他自己也在第一電視台主持兒童節目。
他十五歲了！我最怕他。

有個叫尼娜的女生告訴我，
他們要演一齣戲，佩特亞要她來
問我能不能幫忙畫海報。

他看過妳畫畫。

她說。

ГА

ВО-ПЕРВЫХ

И ВО - ВТОРЫХ

ВАЖНЫЙ СПЕКТАКЛЬ

ПО МОТ

有一天早上，我們醒來的時候，發現俄羅斯總統戈巴契夫被一些壞人關起來，莫斯科的街上都是坦克車。電視頻道全部都關閉了，只剩一台可以看，這一台整天都在播放《天鵝湖》。

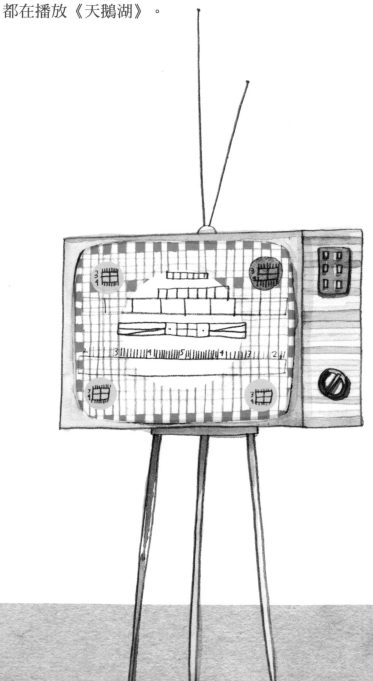

「是政變！」外婆說。

（每次有人大聲說「政變」這個詞，
我都會想到小鳥築巢。*）

注：政變原文為「coup d'état」，其
中的 coup 發音像是 coo（意思是咕
咕叫聲）。

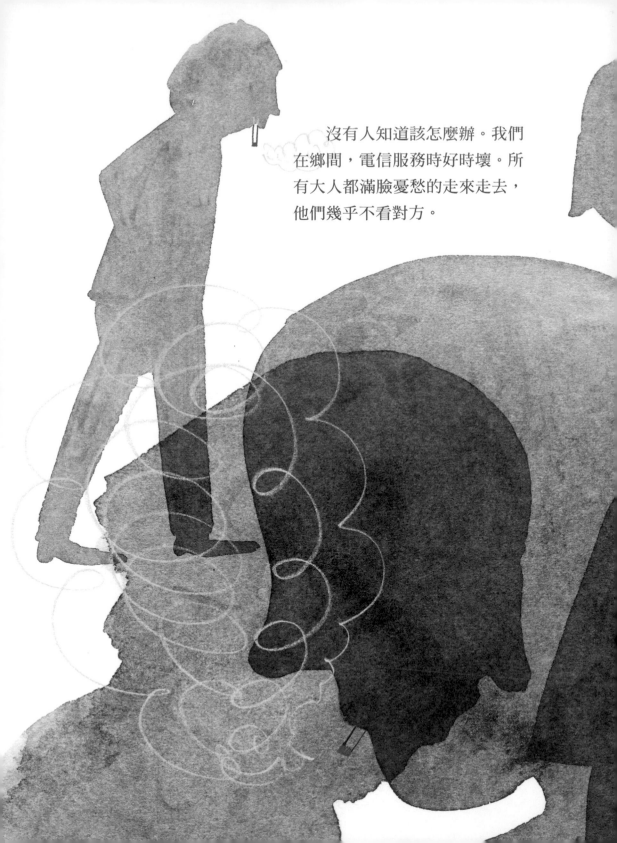

沒有人知道該怎麼辦。我們在鄉間,電信服務時好時壞。所有大人都滿臉憂愁的走來走去,他們幾乎不看對方。

我很擔心媽媽。她正
在美國看著新聞嗎？她知
道我們沒事嗎？

演戲的事暫停了。大家
都在涼亭裡玩黑手黨遊戲。

外婆聯絡不上外公，決定開車到市區看看發生什麼事，還要試著打電話給在美國的媽媽。晚餐後，她把我留給鄰居貝拉照顧。

　　「我早上就回來囉。」她說。

　　貝拉問我想不想到他們房間睡，我說我會沒事的。她確定我刷過牙，幫我蓋上被子，告訴我如果害怕獨自一人，隨時可以敲他們的門。我看了很久的書，然後在某個時候睡著了。

　　等我醒來的時候，外婆已經回到家（睡著）了。

外婆後來告訴每個人她在城市裡看見的情
況——坦克車還有那些抗議接管行動的人們。
「我們和抗議者一起抵達白宮前廣場。」她說。

「我設法聯絡上妳媽媽，告訴她我們沒事。」她跟我說：「我好高興她身在安全的地方，而不是跟我們在一起。」

　　接著她說：「妳知道吧，會沒事的。這一次，好人必須要贏。」

　　她說得對。「好人」葉爾欽，我們去年才在學校學到他的事，出面救援，新生活熱切展開。

　　在占領軍撤退的前一週，我們的戲搬上了舞台。

等我們回到城市，我把自己的其他東西都
搬進媽媽房裡，錄音帶和書本什麼的。

我們養成了固定的生活模式。外公
會叫我起床，等我拖著腳步進到廚房時，
他已經幫我泡好茶了。不過其他東西我
都自己來，我吃塗了果醬的吐司（媽媽
去年夏天用我們郊外別墅的野莓做了果
醬），然後回房間看書。外公會去遛狗，
接著開始午餐——通常是某種湯。外婆是
最後睡醒的。她不吃早餐，會到她的打
字機前工作一小時。有時候我會去她的
工作室看書。

九月

　　九月一日，我回學校上學。我超級想念瑪莎和娜塔莎！她們是我最好的朋友。瑪莎個子很小，漂亮又獨立。她有三個兄弟和一個小妹妹。她夏天去巴黎探望祖母。娜塔莎比較高，黑色短髮，媽媽很酷，是記者。她講的話就像「我以後要為了錢結婚，才不要為了愛結婚。我要嫁給一個有錢的老人，然後找一個年輕的情人。」她的話嚇壞了我和瑪莎，可是我們當中，只有娜塔莎交過男朋友。

大部分的日子放學後我們都會一起閒晃。瑪莎想知道作家中心小孩的所有事。

史麥譚卡有長高嗎？尼娜還是那麼怪嗎？妳有沒有常常游泳啊？真希望我們是夏天去，那樣就可以游泳了。你們有沒有玩警察抓小偷？

我遇見佩特亞了。

我說。

噢，他呀。
他跟我哥同班咄。

瑪莎翻了一個白眼。

噢，我也覺得！露薏絲‧波音黛斯特最棒了，對不對？

我說。

我很高興我們換了話題。瑪莎讓我好緊張，真抱歉我甚至連佩特亞都得搬出來講。

她很好呀。

注：美國作家托馬斯·梅恩·雷德的歷史冒險小說系列，前面對話提到的露薏絲·波音黛斯特是其中一本 *The Headless Horseman* 的女主角。

$$\mathcal{E} = \frac{mv^2}{2}, \ Дж \quad \left(Дж = \frac{кг \cdot м^2}{с^2} \right)$$

Потенциальная энергия

$$\mathcal{E} = mgh, \ Дж$$

$$Q = cm \ (t_2 - t_1)$$

с — теплоёмкость, $\frac{Дж}{кг \cdot с}$

$$C = \frac{Q}{m(t_2 - t_1)} = \frac{Q}{m \Delta t}$$

$$P = \frac{F}{S} = \frac{F}{ab}, \ т.к \ S = ab$$

$F = 600 \ H$

$a = 20 см = 0,2 \ м$

$P = 0,5 мм = 0,005 \ м$

$$P = \frac{600 \ H}{0,2 \ м \quad 0,005 м} =$$

_____

найти P

$$P = 600 \ кПа$$
$$60000 \ Па =$$
$$600 \ кПа$$

№ 83

$m = 5 т = 5000 кг$

$h = S = 20 \ м$

$N = 30 кВт = 30000 Вт$

$g = 10 \ H/кг$

_____

$t - ?$

$$N = \frac{A}{t}$$
$$A = F_r \cdot S$$
$$F_r = mg$$
$$A = mgS$$
$$t = \frac{A}{N}$$

$$t = \frac{m \cdot g \quad S}{N}$$

$$t = \frac{5000 кг \ \cdot}{30}$$

$$= \frac{100000 H}{30000}$$

有一門新課讓我感到很興奮——物理課！雖然老師好像有點恐怖，我專心聽講，第一次考試得到五分（俄羅斯的成績由最低到最高是一到五點五分）。

　　星期二、星期三、星期五和星期六，在一般課程後，我會去藝術學校上課。藝術學校在小鎮另一邊。我和我的小表妹拉雅一起去，她比我小九個月。我們學素描、構圖、繪畫、雕塑和藝術史。星期六我還上服裝史的課。

kr.20.

33,3c

阿姨通常會邀我過去吃晚餐，我也時常在那裡度過夜晚的時光。我很喜歡待在他們家。阿姨很會做菜。晚餐很美味，到了早上還可以帶烤起司吐司到學校當午餐。他們的公寓比我們家小，可是非常舒適，有家的感覺。

阿姨和姨丈睡在客廳——沙發就是他們的床。拉雅和我分享她的房間。我睡在一張摺疊床上。我們會躺在黑暗中聊天，直到睡著為止，真希望我能永遠待在那裡。

十月

　　媽媽留了這卷錄音帶給我。是她為我錄下的錄音信。大部分的夜晚我都是聆聽這卷錄音帶入睡。

我最親愛的女孩：
　　　　妳是我的生命。
我很快就會見到妳，我們會談論
　　　分別時經歷的所有冒險。

我一定會非常想念妳。
　　請對外公外婆好一點。
我愛妳。我愛妳。

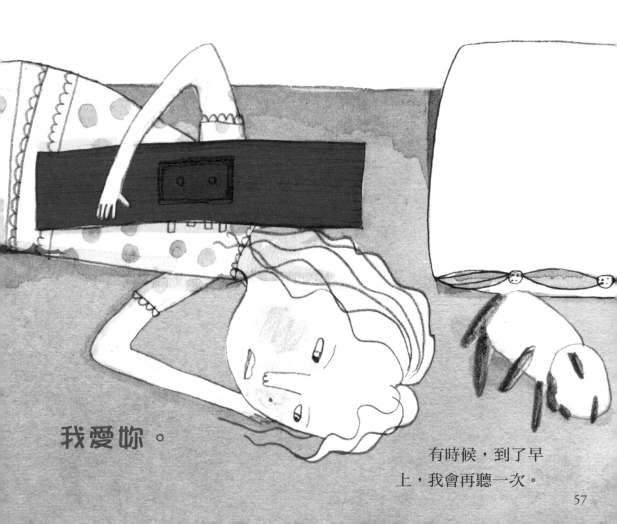

我愛妳。

有時候，到了早
上，我會再聽一次。

MELANIE （美蘭）

　　我看了很多書。決定要多了解美國，這樣才能想像媽媽所在的地方。我正在看《飄》。郝思嘉很吸引人，不過我只想要和美蘭一樣──她又棒又純潔。

　　瑪莎、娜塔莎和我假裝我們是一八六〇年代的淑女。我們用沾水筆寫信給對方，然後用蠟封箋。我真希望自己有一枝真正的鵝毛筆。我們幫自己取了新的貴族名字。瑪莎和我都想叫露薏莎，最後我們妥協的方式，是選了不同的姓氏。

（白瑞德）RHETT

親愛的露薏莎·K.：
我相信妳今天一定很好。
那位P先生出那麼多
作業給我們，
也太混蛋了，對吧？

妳真摯的，
露薏莎·T.

♡
♡ ♡ ♡ Домашк
♡ ♡ ♡ не забыть математику

十一月

　　星期一，娜塔莎說她不要去上歷史課。「歷史課好傻。」她說。瑪莎說她也不去。我很掙扎。我不想翹課。我們站在人行道旁，直到第一節上課鐘聲響起，很顯然我一定遲到啦。我想起有小考，所以就用最快的速度往前跑！

嗯

回到家後我打電話給佩特亞（我是在八月那時候，從外婆的書上拿到他的電話號碼——外婆跟佩特亞的媽媽是朋友）。我不曉得要跟他說什麼，所以我只是把話筒舉在耳朵旁，聽他說「喂？喂？」聽了一分鐘。

我想知道如果他當我男朋友會是怎樣——我就可以告訴他我們幾個女生的事、我這一天過得如何、小考，還有其他什麼的。

這時候，外公拿起分機說：

達莎！
掛掉
電話！
我在等
電話。

我乾脆死了算了。

十二月

　　現在早上完全是一片漆黑，要起床去上學變得很困難。

梅恩
雷德

瑪莎和娜塔莎第一節課常常沒來。我知道她們只是睡過頭，不是一起在外面晃，可是我自己一個人在學校，還是覺得有點難過。

瑪莎、娜塔莎和我去看了三次《飄》的改編電影——
雖然她們兩個人都沒有像我這麼喜歡那本書，可是我們都
很喜歡帶裙襯的洋裝。我很愛這部電影——美蘭就跟書上
的美蘭一樣，既無私又可愛，可是我懷疑我其實比較像郝
思嘉，自私又頑固，只是沒有她那麼漂亮。但
是如果其實我比較像令人討厭、睫毛又沒有
顏色、可悲的英蒂安·威爾克斯*怎麼辦？

注：《飄》中的角色，對女
主角郝思嘉不滿，散播不利
於她的謠言。

藝術學校正在教構圖——你要把物品安排在頁面上的哪裡。一整天都是靜物畫的課。有一個男生——馬克辛——總是坐得離我很近。我會提早到教室，確保自己可以離他遠一點，可是最後他總是會坐在我旁邊。呃。他的素描也真的很厲害！我討厭他。

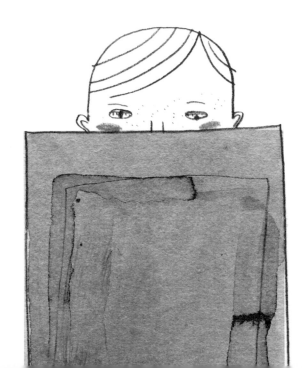

寒假前，我再也忍不住了，告訴了拉雅關於佩特亞的事。

我愛他！

我說。

拉雅從來沒喜歡過任何人，可是她是忠實的朋友，而且懂得問重要的問題。

寒假

　　我們去德國探望外婆的朋友維丁姆和阿妮塔。我其實不想去，我還比較想去作家中心，因為瑪莎她們全家人都要去，還有佩⋯⋯

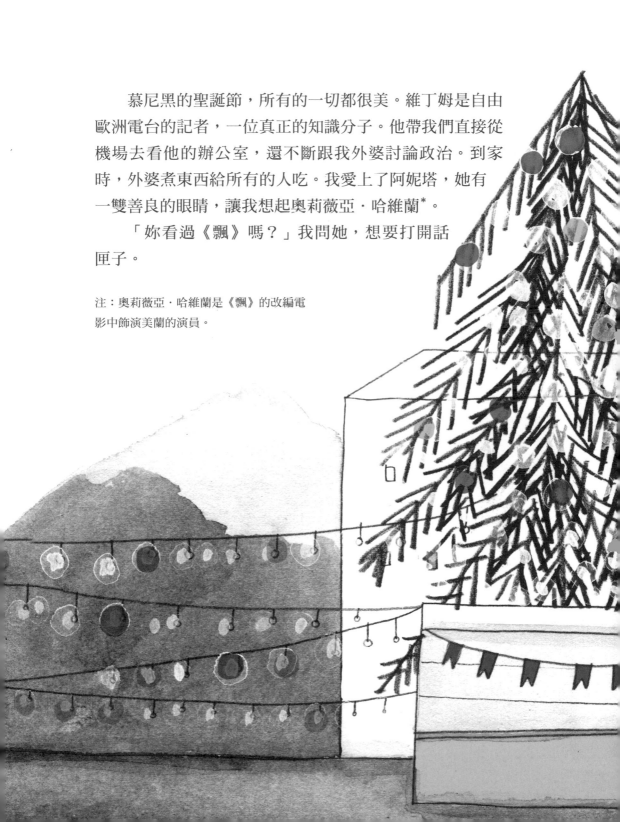

　　慕尼黑的聖誕節，所有的一切都很美。維丁姆是自由
歐洲電台的記者，一位真正的知識分子。他帶我們直接從
機場去看他的辦公室，還不斷跟我外婆討論政治。到家
時，外婆煮東西給所有的人吃。我愛上了阿妮塔，她有
一雙善良的眼睛，讓我想起奧莉薇亞・哈維蘭*。

　　「妳看過《飄》嗎？」我問她，想要打開話
匣子。

注：奧莉薇亞・哈維蘭是《飄》的改編電
影中飾演美蘭的演員。

只有一件事美中不足，外婆忘記我對貓過敏，阿妮塔和維丁姆養了一隻貓。

所有的大人都說：「嗯，說不定不會有事，看看第一個晚上怎麼樣再說吧。」

我半夜醒來，覺得沒辦法呼吸。決定在
外面的陽台等，不要吵醒任何人，可是當時
正值十二月，天氣很冷。

最後我只好進屋裡去叫醒外公外婆。我
發出哮鳴聲。

維丁姆開車載我們去急診室。一路上他
不斷講著費用會有多貴，還有醫院不一定會
收我們，因為我們沒有保險等等的。
　　我在車子的後座都快要不能呼吸了。

急診室很白，沒有任何人在。我們被叫到一個房間裡等待。外婆用公共電話打電話給媽媽，告訴她發生的事。一位年輕醫師進來，看起來昏昏欲睡的樣子。我覺得他滿可愛的。在他準備幫我打針的時候，我安靜的坐著──他要幫我注射腎上腺素。我看著他在我的手肘綁上橡膠管，把針插進去。他抽出一點點血，我看見我的血和注射筒裡的液體混合在一起。

　　醫生說我們不必付任何錢。

　　我又能呼吸了。我們住進一間旅館。

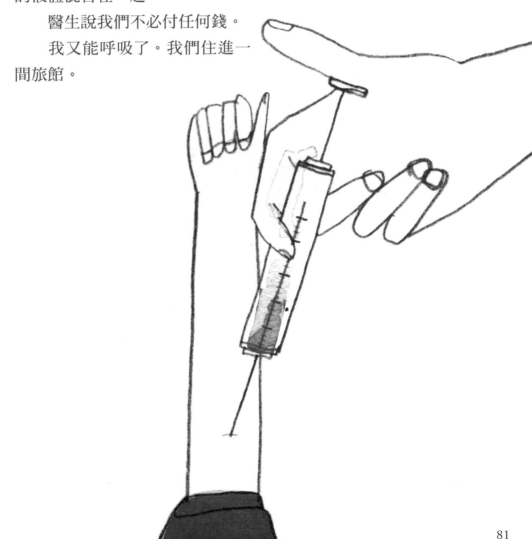

我們在旅館裡慶祝聖誕節。這裡又冷又潮溼，可是這是我第一次在十二月二十五日度過正常的西方聖誕節*。維丁姆和阿妮塔帶了一棵樹給我們，還帶來一些自己做的傳統德國點心。

　　而且還有另一個驚喜！

　　媽媽寄了禮物給我們！我得到糖果、簽字筆、望遠鏡，還有一大本披頭四所有歌曲和歌詞的書。

注：俄國的聖誕節是一月七日。

　　回到學校，我升到更高階的數學班。這是第四節下課後的事，娜塔亞・葉菲摩納把我拉到旁邊，叫我去五樓上數學課。瑪莎和娜塔莎留在原來的普通數學班。

星期一只有五節課，可是等我回到衣帽間，瑪莎和娜塔莎早就不見了。

　　我自己一個人走路回家。天氣很冷，等我到家時，家裡沒有半個人。只有一張紙條，叫我喝湯、遛狗、不要熬夜——外公外婆出門去參加寫作俱樂部之夜的活動了。我真希望我能在娜塔莎家吃吐司。我撥了電話給她，可是沒有人接。

　　我一直看書，直到我的眼睛再也睜不開為止。

瑪莎和娜塔莎兩天不跟我講話了，可是星期五時，她們在學校正門等我，然後在我靠近時跟我打招呼。

我們從來沒有討論過究竟發生了什麼事。

二月

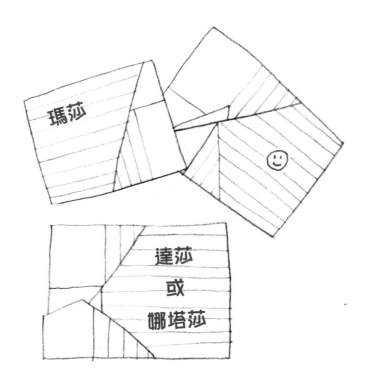

　　我們互傳紙條，放學後一起閒晃。

　　瑪莎的哥哥來找我們，告訴我們佩特亞邀請我們去看他們學校演出的荒誕詩人戲劇。

　　戲劇演出的日期是二月十四日，感覺就像是一個特別的暗示。

去看表演的事讓我有點緊張。我從來沒告訴過瑪莎和娜塔莎我對「佩」的感覺。我很怕她們會覺得我很傻。他常常在瑪莎家，和她哥哥混在一起，瑪莎每次告訴我這件事情的時候都會翻白眼（我向來試著裝作一點也不在意這件事的任何細節）。瑪莎對人的標準很高。

　　演出那天我穿了我最喜歡的洋裝，可是我得穿上很醜的褲襪，因為外面只有零下七度。我們搭電車過去，整路上我都在擔心褲襪，雖然瑪莎和娜塔莎說，我的褲襪很棒。

我們到佩特亞的學校（六七學校*）時，發現一切都太酷了！學校又大又明亮，小孩都坐在走廊看書，討論深邃的話題。我好愛這裡。

注：俄羅斯的學校是用數字來編號。

佩特亞看到我的時候給了我一個大擁抱。
「妳有沒有發現我們又用了妳畫的那些海報了？」他問。
我露出微笑。

嗨
我愛
你！

「妳見過凱特雅了嗎？」他說。

他用手臂環抱著這個女生。她有短短的
黑頭髮，眼睛超大，還塗黑色的指甲油——
而且，她竟然在抽菸！就在學校走廊吧！

接下來整天都模模糊糊的。戲劇演出不錯，所有作家中心的小孩都在，可是我沒辦法跟他們打招呼。幸運的是：瑪莎認識所有人，我就不必幫他們互相介紹還是什麼的。

回社區的路上，瑪莎和娜塔莎聊著有關那齣戲、那所學校，還有瑪莎她哥哥朋友的事（瑪莎迷上他們其中一個人），可是我只是盯著窗外，想著佩特亞和凱特雅的事。她實在是太太太太酷了。我永遠不可能像她那麼酷。

三月

　　我什麼事都不在乎了。外面
又冷又暗。我根本不酷。佩特亞
永遠不會喜歡我。學校好無趣。
所有的一切都糟透了。

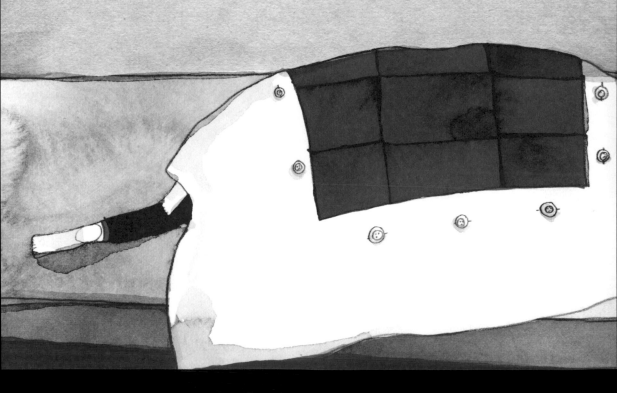

爸從洛杉磯來看我。

他帶了一件牛仔夾克給我，他說那超流行。
我才不相信。那件夾克很短，袖子超級長。

我爸很酷。

我們到處開車兜風，然後去吃晚餐。他問
起我的朋友、拉雅，還有我喜歡做些什麼。他
問我還打不打網球。他很喜歡我打網球，可是
我已經一年沒打了，這讓我很難過。我好擔心
他會因為我不再打網球而變得比較不喜歡我。

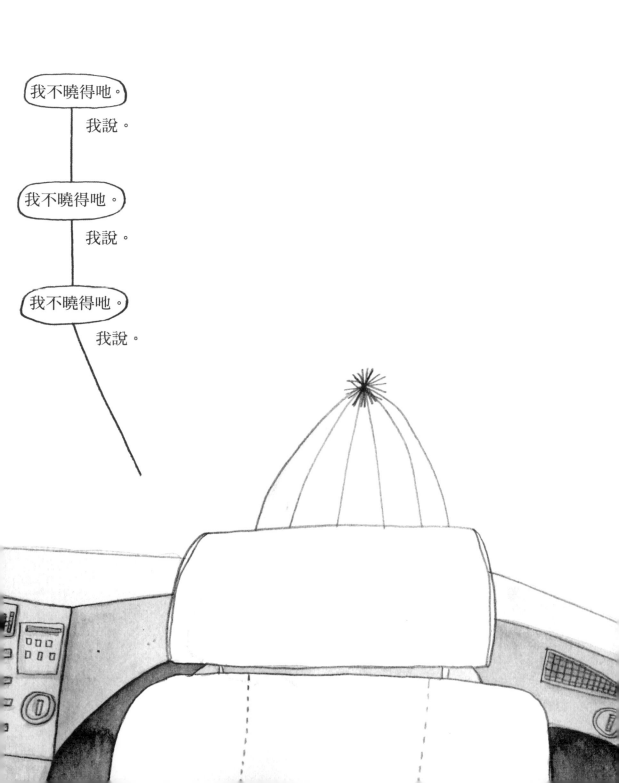

我跟瑪莎和娜塔莉之間有點怪怪
的。我知道我們已經度過數學課那件
事了，可是事情好像沒有完全恢復正
常。她們很少來上課，我很想念她
們。

　　我在學校前面的街上遇到她們。
　　「妳們會進學校嗎？」我說。
　　「也許晚一點吧。」瑪莎說。

她們走到街角的時候，我大喊：

等一下！

我們去了阿爾巴特街，學校附近時髦的步行街。那裡可以吃到冰淇淋和糕點。爸給了我一些錢，所以我請客。

我們找了一張長椅，把事情攤開來談。

我換到另一班的時候，為什麼妳們不跟我講話了？

我問她們。

我們很擔心妳會困在感情裡。

妳是不是愛上佩特亞了？

她們問我。

妳知道吧，那個凱特雅，她是個徹頭徹尾的不良少女吔。是我哥哥告訴我的。如果佩特亞看不出來妳比她酷一百萬倍，他就是傻瓜。

瑪莎說。

妳們為什麼都不去學校了？

我問。

瑪莎明年要申請六七學校，我媽也叫我不用去學校，才能準備大學前預修計畫*。反正他們在學校也沒真的教我們什麼。每個人都知道要去上六七學校，或是準備大學前預修計畫啊。

娜塔莎說。

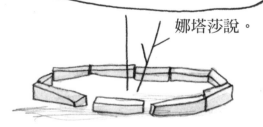

注：有些美國大學在暑期時舉辦給全球中學生的大學預備課程，體驗大學生活。

噢。 我說。我猜就只有我一個人不曉得那些事情。

　　我們繼續閒晃。那是很久以來我第一次覺得開心。我有點怕會遇上認識的人,他們會告訴外公外婆我沒有去上學,可是那種感覺一拿來與跟女孩們在一起的快樂感覺相比,就算不了什麼了。

她們顯然是對的。我們的學校是垃圾場，我們都應該離開這裡。我記得去看佩特亞的戲劇演出時，我有多愛六七學校。也許如果我進得去，就能跟凱特雅一樣酷，那他愛的就會是我了。

　　（我在講什麼呀？他們就連名字都很配！佩特亞？凱特雅？那裡根本沒有空間可以容納達莎──我的名字怎麼這麼拙？！我好氣我媽媽。不只因為她人在美國，還因為她幫我取了這麼糟糕的名字。我很確定我爸之前想用娜塔莎這個名字。）

　　我和瑪莎一起去六七學校，看看要怎麼做才能申請。有三項考試：兩科筆試（文學和數學）和一科口試（選一種外語──我選英語，瑪莎選法語）。
如果從事過任何課外活動，
對申請也有幫助。

瑪莎會鋼琴。我得在藝術學校拿到證書！我必須讀書！
接下來幾個星期，我真的很用功，幾乎不吃不睡。
　　我決定不去上一般學校——我可以靠自己讀書。我得省
下剩下的力氣，才能在藝術學校得到很棒的成績，這樣他
們就會推薦我了。

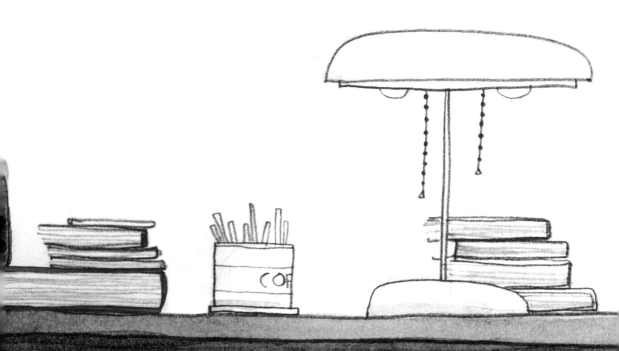

構圖課的時候，馬克辛又坐在我旁邊。
熬夜讀書實在太累了，所以我畫得很糟。拉
雅生病請假，我好想她。

妳有沒有想過……

我聽見馬克辛說。
我轉身嗆他。

你 為

讓 我

什麼永遠都在？
為什麼不能
自己靜一靜？

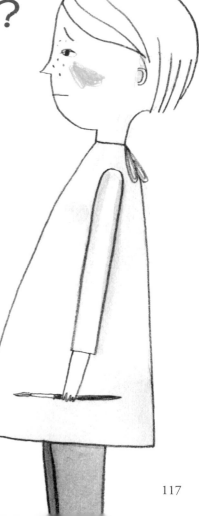

讓事情更糟的是：我到家時，外公正在
等我。

「你不可以不去上學！」他說。

懂！

就

本

不　是　我　的

親　外　公　！

我說。

我打包行李，搬到阿姨家住。

四月

　　復活節來臨時，我還住在那裡。今年的復活節來得很早，天氣還很冷。雖然我只有和阿姨在一起的時候才上教堂，我真的很愛復活節。復活節以前必須先經過四旬期*，然後在聖週六（復活節前一天）從中午到午夜後的遊行期間進行齋戒。維拉和我因為肚子餓得有點頭昏腦脹，所有的一切都變得超級好笑。

　　等午夜一到，我們就跑到外面，用我媽媽寄來的吉百利牛奶巧克力塞滿我們的嘴。

　　外頭的地面硬邦邦，天空輕柔的飄著雪，我感覺任何事都可能發生。

注：四旬期是天主教、東正教與基督教的重要節日。

星期四，我去考了六七學校的最後一科
測驗。那一個禮拜稍早時我已經考過文學和
數學筆試，分別拿到五分裡的四分和五分。
所有辛苦的熬夜讀書都值得了！我很有信心
在英語這一科上一定也能拿到高分。

我從公車上跳下來。復活節晚上那種神奇的感覺一直跟著我，我感到非常滿足，小心的不要破壞這種感覺。而且我知道自己今天會見到「佩」。我感覺得到。我跑到學校。就是今天！我要告訴他我愛他。他必須知道。而且瑪莎說得對——我超酷！

然後⋯⋯經過轉角時⋯⋯我真的看到他了。

考試抽到的題目是「去年夏天做的事」。
我試著寫下筆記，好先做準備，可是我忘掉我
知道的大部分英文字了。我一直重複說著「去
年夏天」，除此之外什麼也沒有了。房間慢慢
變空，我是最後一個離開教室的人。

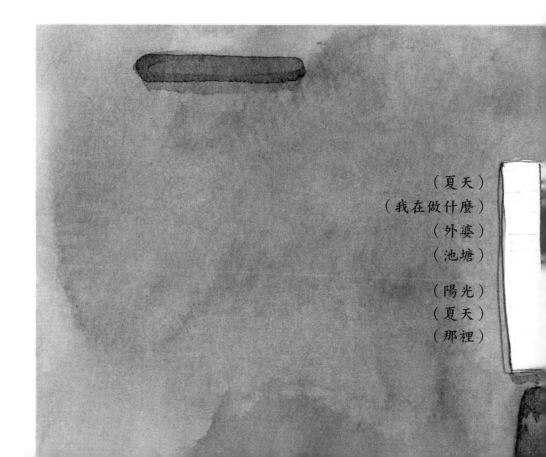

（夏天）
（我在做什麼）
（外婆）
（池塘）

（陽光）
（夏天）
（那裡）

我什麼也不記得了。主考官似乎特別嚴厲——她一直逼我，每次我一開始說什麼，就很誇張的糾正我。我不知道自己是在考試時開始哭，還是關上門的時候開始哭，可是我一哭，就停不下來。

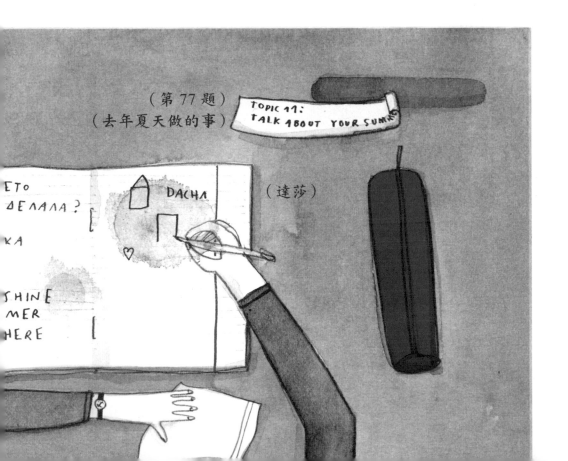

132

我在學校的走廊上邊跑邊哭，在校園裡哭，在去搭公車的路上哭，在公車上哭，在從公車站走到我們公寓途中哭，在電梯上樓時哭。最後，在大門前面哭，我按了電鈴，等著有人開門讓我進去。

我告訴外婆所有的一切。我告訴她考試考砸了、佩特亞，還有我好笨好壞又不酷。她只是一直說：

噢，親愛的，我竟然不知道這些事。

外婆讓我把頭枕在她膝蓋上，輕輕撫摸著我的頭髮。

妳真的太厲害了。六七學校所有的事，我知道妳現在不覺得，可是妳全是靠自己達成的！妳交了申請書，還考了試……

可是我失敗了！我的人生毀了！

我啜泣著。

噢，寶貝女孩，妳的人生才剛剛開始呢。沒有什麼事毀了。

她說。

可是佩特亞……

我小聲嗚咽著。
她繼續輕輕撫摸著我的頭髮，慢慢的、動作平穩的，直到我睡著為止。

五月

　　然後春天來了。樹木被小樹枝形成的光暈圍繞——還有可以看透的綠。可是事實上你真的知道春天來了，是因為放學走路回家時，可以只穿制服，不必穿上外套！

這一年的課幾乎都上完了，通常這是我最喜歡的時候，可是今年感覺就像所有的一切都要改變了。瑪莎的法語口試成績好到……雖然她其他科目的成績只拿到五分當中的四分和三分，她還是可以進六七學校，明年就要轉到那裡去讀書了。娜塔莎還沒收到大學前預修計畫的答覆，可是我很確定她一定沒問題的，而且，就算她沒成功，瑪莎不在，一切還是會不同。我的感覺很複雜，因為我希望朋友很順利，可是也不想要她離開。

瑪莎發誓她不會改變。

到時候妳們就知道了，我們每天放學還是會一起閒晃！

是的，到時候就知道。

不過，有件事改變了，就是我已經
不喜歡佩特亞！
我想我喜歡的是馬克辛！

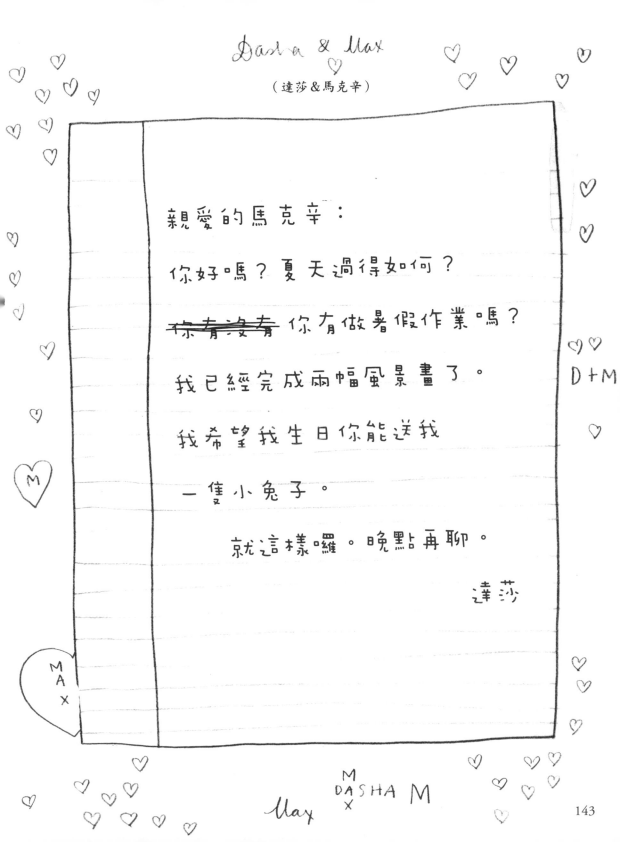

六月

媽媽在月中回家了。

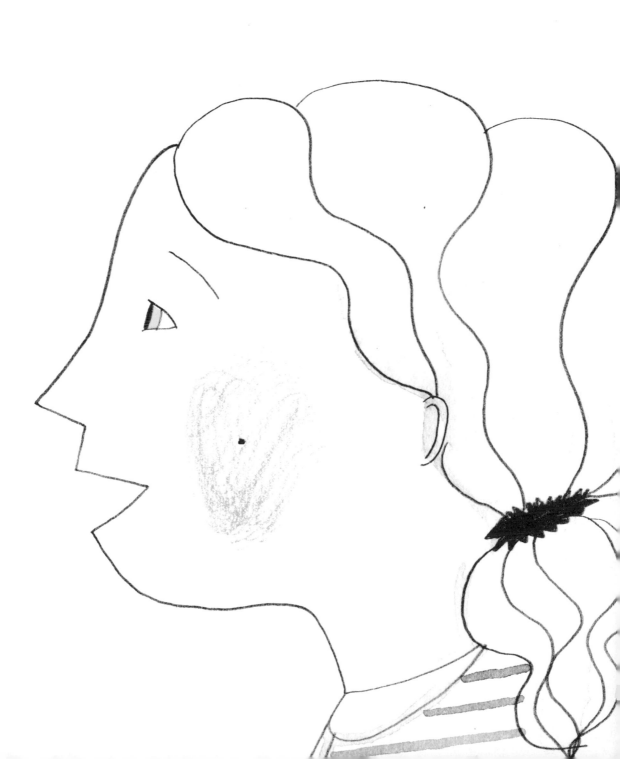

見到她我好開心唷！她還是一樣。看到她就像憋氣一整年以後終於可以呼吸了。

　　可是也有不一樣的地方。例如：她買了禮物給我，我好高興她記得我最愛的顏色是粉紅色，雖然現在我最愛的顏色不一樣了。從九月以來，我最愛的顏色改成薰衣草紫了，不過我不想傷她的心。

　　早上她做了果醬吐司讓我當早餐——雖然我現在喜歡的是榛果巧克力醬，自從我在德國吃過以後就愛上了。

七月

　　媽媽告訴我她去上課的地方的一切。那個地方叫厄巴納，在伊利諾州，芝加哥以南幾小時車程。我知道芝加哥是因為：一，以前是我爸最愛的樂團，我有錄音帶唷，還有二，有句話說：「我最親愛的，你又不在芝加哥」——這句話是用在某人提出的要求太過分時。

　　她告訴我關於小鎮、大學、她上的課、她的新朋友、她的寄宿家庭……還讓我看相片。

　　「這是你以後的房間。」她說。

什麼?!

我問外婆。

我也很難過。我真的不想去美國。媽媽說只有一年——到她拿到碩士學位就好。可是美國感覺好遠，時間又好長！我是說，我對美國知道的事都來自《飄》，還有三年級的時候，我們班有一個女生到那裡去——她寫信回來了一陣子，然後我們就再也沒有聽說過她的消息了。

我打電話給娜塔莎，又打電話給瑪莎。

我不要去。
我說。

妳可以來跟我住
呀，我們可以整
天吃吐司。

她說。
（結果她沒有錄取
大學前預修計畫，
明年還是會回九一
學校*念書。她對
這件事感到很不開
心。）

注：達莎的學校是九一學校。

154

我又哭又哀求，可是最後他們還是說：
「妳會喜歡那裡的，以後就知道了。這樣安
排是為了妳好。」

我才不去！

我什麼也沒辦法做。就跟去年夏天一樣，事情發生得很快。打了很多電話，行李也打包好了。外婆找到八年級的物理、化學和數學課本，我就可以在美國讀書，等到明年回來再考試。

八月

是清晨的班機。

我們得更早抵達機場，因為有很多事要做——辦登機要很久，過海關也要很久，接著還要查驗護照。我有自己的護照。

我們在愛爾蘭的香農機場短暫停留，媽媽買了一個漂亮的杯子給我。

這是我在飛機上最久的一次。

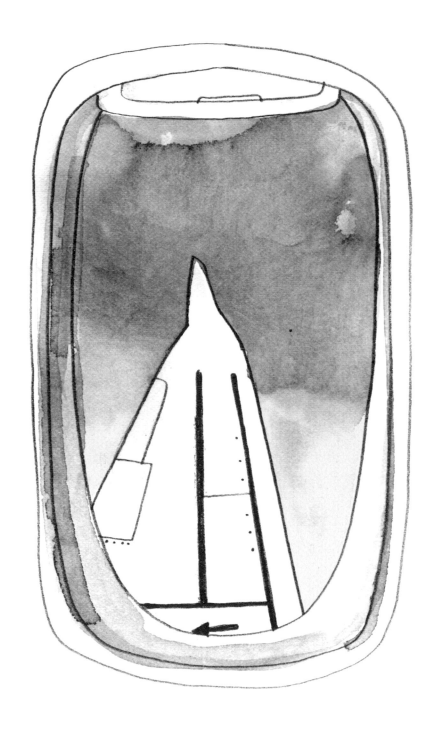

美

我們降落在芝加哥，迪克和法蘭西絲——媽媽的美
國家人——已經等著要接我們了。開到厄巴納還要兩小
時的車程。

一路上幾乎什麼也看不到，大部分都是農田。

「這是玉米的國度。」迪克說。

我不喜歡所有的一切看起來都這麼扁平。

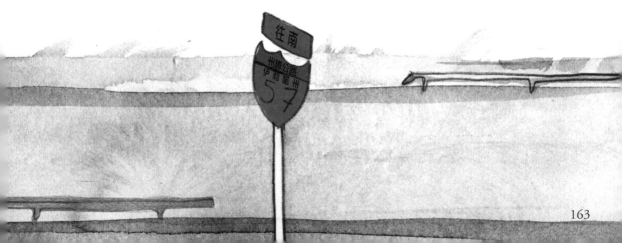

厄巴納的房子都有院子，蓋成一層樓或兩層樓。到處都是車，得開車才能到商店。

　　我看到很多女生穿短牛仔外套，袖子真的很長，還好我有把我的打包帶過來。

　　法蘭西絲要我叫她法蘭妮（就跟《法蘭妮與卓依》*裡頭一樣！）。我們每天晚上都在六點吃晚餐，我知道了關於康寶磨菇濃湯砂鍋還有冰雪皇后漢堡的事（我討厭砂鍋，喜歡漢堡）。

注：美國作家沙林傑的作品，書中收錄兩篇小說：〈法蘭妮〉與〈卓依〉。

到那裡的第二個星期，媽媽帶我去中學登記。雖然學生只有六到八年級，學校比俄羅斯的舊學校大很多。校長帶我們參觀學校的建築。

　　媽媽進辦公室與校長單獨聊了一下，我在走廊等。一個個子很小、頭髮很金的女生進來坐在我身旁。

　　「嗨，」她說：「我是露薏莎。妳叫什麼名字？」